Dienstmädchen – auf Bestellung

Hal Annas

Wrtitat

Diese Ausgabe erschien im Jahr 2023

ISBN:

Herausgegeben von
Writat
E-Mail: info@writat.com

Dienstmädchen – auf Bestellung!

Von HAL ANNAS

Herb Cornith schüttelte enttäuscht seinen dunklen Kopf. „Nein", sagte er, „das wird sie nicht tun. Es fehlt ihr ein Gramm, um das richtige Gewicht zu haben."

Die schlanke Blondine hinter dem Schreibtisch blinzelte mit blauen Augen und runzelte die Stirn. „Aber Mr. Cornith ", beharrte sie, „Sie entsprechen perfekt den Anforderungen von Miss Lucy Hollowell. Sie hat sogar angegeben, dass der Mann sehr anspruchsvoll, akribisch und wählerisch sein muss. Sicherlich sind Sie das alles , wenn Sie über eine Unze ihres Gewichts streiten." ."

Cornith nahm das Datenblatt in seine muskulöse rechte Hand. Er betrachtete es aus nachdenklichen braunen Augen. „Das sieht nicht richtig aus", sagte er. „Ich gebe zu, dass ich starke Gesichtszüge habe, aber ich sehe nicht gut aus."

„Für eine Frau sind Sie gutaussehend, Mr. Cornith . Tatsächlich, magnetisch."

„Ich bin nur 1,80 Meter groß, nicht 73 Zoll."

„Das ist ein Tippfehler, Mr. Cornith . Es sollte 72 Zoll lauten. Die korrigierte Kopie dürfte bald bei uns eintreffen. Bei der Maschine ist ein Fehler aufgetreten."

„Und meine Augen sind nicht besonders ausdrucksstark. Normalerweise verstecke ich meine Gedanken."

„Das, Mr. Cornith , ist lediglich Ihre eigene Meinung. Sie wissen nicht, welchen Ausdruck Sie in Ihre Augen legen würden, wenn Sie in die Augen Ihres Seelenverwandten schauen."

„Die Augen meines Was?"

„Entschuldigen Sie, Mr. Cornith . Ich weiß, dass Sie nicht der poetische Typ sind. Sie sind der robuste Typ, aber klug und realistisch. Trotzdem erfüllen Sie die Anforderungen."

„Sie sagten, es gäbe noch ein anderes Blatt mit den Spezifikationen?"

„Ja. Es wird erst morgen fertig sein. Aber ich versichere Ihnen, dass es zu Ihnen passt. Tatsächlich beschreibt es jede Ihrer Tugenden und Fehler."

Cornith blickte sich im großen Raum um. Seine braunen Augen ruhten auf einem Modell einer frühen Marsrakete. Er studierte es eine Zeit lang und sah im Geiste sein Inneres und seinen veralteten Atomantrieb. Es erinnerte ihn daran, dass er ins Labor zurückkehren und die Strahlenkollektortests überprüfen sollte. Dieses Geschäft mit dem Streit um Spezifikationen für eine Frau war ein Ärgernis. Seine Anforderungen waren aktenkundig, seit er im Alter von achtzehn Jahren den Levet- Test abgelegt hatte. Aufgrund seines anspruchsvollen Wesens war es schwierig gewesen, sie zu erfüllen. Jetzt, mit siebenundzwanzig, war er immer noch unverheiratet. Nicht, dass es ihm etwas ausmachte. Da er jedoch über ein höheres geistiges Niveau verfügte und körperlich in der Lage war, in einer komplexen und expandierenden Zivilisation zu überleben, wurde er von der Stiftung dazu gedrängt, zu heiraten und Kinder zu zeugen.

Dies war das akzeptierte Verfahren. Von der Heirat wurde selten abgeraten, sie wurde jedoch nur denen aufgedrängt, die bestimmte Anforderungen erfüllten. Der Zweck bestand darin, die Menschheit zu verbessern, damit sie in einem Sonnensystem bestehen konnte, das sich schon jetzt den Sternen entgegenstreckte. Das System war auf dem Mars schon seit langem in Kraft, doch aufgrund des kälteren Klimas und der dünneren Atmosphäre lebten auf dem Mars weniger als ein Zehntel der Erdbevölkerung. Allein durch selektive Züchtung konnten diese überleben.

„Entschuldigung", sagte Cornith . „Dieser Lucy Hollowell passt alles, außer dass sie zu dünn ist. Ich möchte keine Tüte Knochen für eine Frau."

Die Blondine lächelte schief. „Um genau zu sein liegt sie nur eine halbe Unze unter den Spezifikationen. Vielleicht haben Sie Ihre Anforderungen nicht sorgfältig gelesen. Lassen Sie mich Sie daran erinnern, Herr Cornith , dass die Stiftung jeden Ihrer Gedanken, bewusst und unbewusst, jede Ihrer körperlichen Reaktionen untersucht hat. und sie legten lediglich fest, dass das Mädchen ungewöhnlich intelligent sein muss, und nannten die Themen, die in

Ihr Schema passen; dass sie nach Ihren Maßstäben schön sein muss; dass sie 1,70 Meter groß und hundertzwanzig wiegen muss. drei Pfund.

„Nun, Herr Cornith , es gibt eine Kleinigkeit, die Ihnen die Stiftung durch Suggestion eingepflanzt hat, bevor Sie den Test gemacht haben. Sie kamen zu dem Schluss, dass Sie scherzhaft waren. Ich beziehe mich auf die festgelegten Anforderungen, die Ihre Frau erfüllen muss Sie kann unter anderem mit den Ohren wackeln, ihre Stimme schmeicheln und Taschenspielertricks ausführen. Die Stiftung sagt, dass diese Dinge möglicherweise nicht unbedingt erforderlich sind. Sie gibt jedoch die Anforderung zu, dass sie darauf bedacht sein muss, Ihnen zu gefallen Und da es in der Natur von Lucy Hollowell liegt, den Mann, den sie heiratet, begierig darauf zu erfreuen, übt sie sich auch jetzt noch im Bauchreden und lernt, mit den Ohren zu wackeln. Sie hat einen brillanten Verstand und wird keine Schwierigkeiten haben, eine Reihe von Tricks zu erlernen. Handtricks.

„Aber sie ist zu dünn!“

„Eine halbe Unze, Mr. Cornith . Sie wiegt 122 Pfund, fünfzehn Unzen. Sie könnte diese Unze sehr leicht zunehmen, indem sie sich anstrengt, aber Sie haben angegeben, dass es keine bewusste Anstrengung geben sollte, die Körpermaße und das Gewicht einzuhalten Anforderungen. Sie sollte tropfnass gewogen werden, als sie kurz vor dem Frühstück unter der Dusche hervorkam. Wir gehen davon aus, dass die Nässe eine halbe Unze wog.

„Ich mag keine dünnen Frauen.“

„Wir haben noch einen, der weniger brillant ist, aber alle körperlichen Anforderungen erfüllt, abgesehen davon, dass er 123 Pfund und 4 Unzen wiegt.“

„Zu dick. Ich kann dicke Frauen nicht ausstehen.“

„Würden Sie Lucy Hollowell erlauben, bewusst eine halbe Unze zuzunehmen? Sie schafft es in ein paar Stunden. Hat einen brillanten Verstand. Kann ihren Drüsenfluss selbst regulieren.“

„Nein. Ich möchte keine Frau heiraten, die ständig an ihr Gewicht denkt, und wenn sie jetzt anfängt …“

„Sie sind sehr anspruchsvoll, Mr. Cornith !“

„Natürlich. Die Anforderungen von Lucy Hollowell erfordern einen anspruchsvollen Mann. Zumindest berichtet das die Stiftung."

„Dann denkst du ernsthaft über sie nach?"

„Überhaupt nichts! Sie ist zu dünn. Wenn sie nur ein Gramm mehr Fleisch auf den Knochen hätte, würde ich sie heiraten und nicht einmal nach ihrem Namen fragen. Aber ich möchte meine Tage nicht mit einer Frau verbringen, die gut aussieht wie ein animiertes Skelett, das zweimal an derselben Stelle stehen muss, um einen Schatten zu werfen, das Tomatensaft trinken muss, damit man nicht durch sie hindurchschauen kann.

„Wie wäre es mit der Frau von gleicher Größe, die hundertdreiundzwanzig Pfund und vier Unzen wiegt?"

„So ein Rinder-Trust! Zählen Sie mich aus. Sie warf ihren Schatten zweimal. Es würde eine Woche dauern, sie ein wenig nach dem anderen zu umarmen. Jedes Mal, wenn sie über den Boden ging, erschütterte sie das Haus. Es ist unmöglich, sie in Kleidung zu halten. Ich bräuchte eine Nylon- und Leinenfabrik, um das Material für ein Outfit zu liefern. Nein! Ich hätte lieber ein Skelett als einen Wal.

„Dann denken Sie über Lucy Hollowell nach?"

„Das habe ich nicht gesagt. Es würde mir nichts ausmachen, sie aus der Ferne zu betrachten, denn wenn sie die anderen Spezifikationen erfüllt , muss sie etwas aus einem Traum sein. Schade, dass sie wie eine Schiene gebaut sein muss." "

„Nicht wie eine Schiene, Mr. Cornith ."

„Dann ein Skelett."

„Auch nicht wie ein Skelett. Sie ist Miss Venus von 2190."

„Was? Du meinst, diese schlaksige Lucy Hollowell ist dasselbe wie dieses wunderschöne Bündel aus Kurven und Schönheit?"

„Genau. Und jetzt bist du doch interessiert, oder?"

„Nein. Sie entspricht nicht den Spezifikationen."

„Aber du lässt sie doch ins Labor kommen und dir bei der Arbeit zusehen, nicht wahr? Schließlich erfüllst du ihre Anforderungen."

„Nein! Ich möchte keine wandelnden Bohnenstangen im Labor haben."

„Aber vielleicht würde sie nicht einfach so aussehen."

„Sie ist untergewichtig."

„Nur Ihren Anforderungen entsprechend. Tausende Männer halten sie für perfekt. Und sie wird mächtig enttäuscht sein, wenn ihr Traummann –"

„Ihr was?"

„Tut mir leid. Ich habe vergessen, dass du nicht der poetische Typ bist. Sie betrachtet dich nicht als ihren Traummann, aber sie hält dich für alles, was sie sich von einem Mann wünscht. Du lässt sie ins Labor kommen, nicht wahr?"

"NEIN."

„Aber sie will dich zumindest sehen. Weißt du, dass du der einzige Mann unter Tausenden bist, der ihre Anforderungen genau erfüllt?

„Ich muss zurück und die Strahlensammler überprüfen –"

„Und du lässt sie mit dir gehen?"

"NEIN."

„Aber sie wartet im Büro nebenan, und Ihre Anforderungen erfordern eine Frau, die ihren eigenen Kopf hat. Ich denke, sie ist …"

„Kein Eigensinn, der sie dazu zwingt, in allem ihren eigenen Weg zu gehen."

„Natürlich nicht. Aber ich denke, sie ist-"

„Ich habe eine Frau angegeben, die nicht versuchen würde, die Hosen zu tragen."

„Das wird sie nicht. Zumindest nicht deine. Obwohl du zu groß für sie bist. Aber ich denke, sie geht mit dir ins Labor."

„Das denken Sie", sagte Cornith entschieden und stand auf. „Kein langer, magerer, schlaksiger Schluck Wasser wird hinter Herb Cornith herkommen . Vor allem ein weiblicher Beutel voller Knochen. Äh!

Entschuldigung. Wer ist die Dame, die gerade hereingekommen ist, ohne anzuklopfen?"

„Oh! Einen Moment. Miss Hollowell, Mr. Cornith wollte gerade für Sie vorbeikommen. Miss Hollowell, Mr. Cornith ."

Cornith holte tief Luft und fuhr sich mit dem Finger unter den Kragen. Er starrte und genoss die Schönheit der symmetrischen Figur unter dem rosafarbenen Kleid, das Strahlen der glatten Gesichtszüge. Er hatte sie schon einmal gesehen, aber nur in einem vagen Traum, in dem sie viel schöner war als in den Fernsehbildern von Miss Venus, aber in dem Traum hatte sie ihm nicht das angetan, was sie jetzt tat. Sie wirkte auf ihn ähnlich wie ein einpoliger Magnet auf einen Magneten mit entgegengesetzter Polarität. Mehr noch, sie schien selbst fassungslos zu sein. Ihre Lippen öffneten sich leicht und enthüllten weiße Zähne, und ihre tiefblauen Augen schienen Dinge zu sagen, die nur Augen sagen können.

„Ein Vergnügen", sagte Cornith und legte ihre kleine, warme Hand in seine. „Ich habe es Miss nur gesagt –" Er deutete auf das Mädchen hinter dem Schreibtisch. „Ich habe ihr gerade gesagt, dass ich – äh, ich, äh."

„Du gehst ins Labor", sagte Lucy Hollowell, eher als direkte Lektüre seiner Gedanken denn als Frage.

Cornith lächelte und nickte. „Möchtest du mitkommen?"

Lucy Hollowell zog ihre Hand zurück und aus dem Nichts tauchte ein Kartenspiel auf, das sich fächerförmig zwischen ihrem kleinen Daumen und Zeigefinger ausbreitete. Cornith starrte ihn an. Im nächsten Augenblick wurde seine Aufmerksamkeit auf ihre Ohren gelenkt, die unter seidenem Platinhaar hervorlugten. Die Ohren wackelten bezaubernd.

Errötet und erhitzt griff Cornith aus seiner Brusttasche und holte ein Taschentuch heraus. Er war erstaunt, eine große spanische Rose aus der Tasche herausragen zu sehen. Er hielt es in seiner Hand und starrte es in fassungsloser Stille an. Lucy Hollowell streckte eine kleine weiße Hand aus und nahm ihm die Rose ab. Sie hielt es an ihre Wange, bis er sah, dass ihre Lippen und die Rose die gleiche Farbe hatten. Dann befestigte sie es in ihrem platinfarbenen Haar, wo die warmen roten Blütenblätter einen brillanten Kontrast bildeten.

„Ähm, ähm. Ich habe gesagt –", begann Cornith lahm.

„Dass sie ein Sack voll Knochen ist", beendete eine Stimme hinter ihm.

Cornith wirbelte herum und dieselbe Stimme sagte in einem entfernten Teil des Raumes: „Hier drüben!" Cornith zuckte zusammen. Er rätselte einen Moment lang, dann dämmerte ihm, dass diese leisen Stimmen die gleiche tiefe Heiserkeit hatten wie Lucy Hollowells Stimme. Er drehte sich wieder zu ihr um und lächelte schwach.

„Du hast mich eingeladen, mit dir ins Labor zu gehen?" Sagte Lucy.

Cornith nickte. „Ich dachte, es könnte interessant sein –" Er brach abrupt ab und sein Mund stand offen. Er konnte seinen Ohren nicht trauen. Er hörte seine eigene Stimme oder eine ziemliche Nachahmung davon und wiederholte seine früheren Worte: „Gawky … Bohnenstange … tagging …"

"Hör auf damit!" sagte er plötzlich.

Stille herrschte und Lucy Hollowell verharrte in starrer Regungslosigkeit. Und während Cornith starrte, wurden ihre pfirsichfarbenen Wangen erst rosa, dann rot. Die Adern an ihrem schönen Hals schwollen an und pochten. Sie drehte sich langsam auf schwankenden Beinen um und ließ sich sanft in Corniths Arme fallen.

„Was ist das ?" Er verdrehte den Hals und sah die Blondine verzweifelt an. „Was ist mit ihr los? Kannst du nicht etwas tun?"

„Deine Anforderungen verlangen", antwortete die Blondine emotionslos, „eine Frau, die sehr gehorsam ist. Als du ihr sagtest, sie solle aufhören!" Sie hat alles gestoppt, auch das Atmen."

"Oh!" Cornith seufzte erleichtert. "Das war's!"

„Sag ihr besser, sie soll wieder anfangen zu atmen", sagte die Blondine beiläufig.

„Aber die Anforderungen sollten nicht so wörtlich genommen werden", argumentierte Cornith .

„Sie wird nicht alles wörtlich nehmen. Eine Einigung zwischen euch wird das klären. Aber in der Zwischenzeit sagst du ihr besser, sie soll wieder atmen."

Cornith blickte auf das hübsche Gesicht hinunter, das jetzt wieder seine normale pfirsichfarbene Farbe angenommen hatte. Er war erstaunt, ein winziges Stück tiefes Azurblau unter einem Augenlid zu sehen, das nicht ganz geschlossen war. Sofort schloss sich der Deckel fest, zitterte leicht und blieb geschlossen. Corniths Verstand arbeitete schnell und rekonstruierte die Ereignisse von Anfang an, und er erinnerte sich an die geschwollenen Adern, das vorsichtige Drehen, um in seine Arme zu fallen, die geröteten Wangen, die nicht die Farbe hatten, die normalerweise einer Ohnmacht vorausgeht. Er bemerkte nun die flache, kontrollierte Atmung und spürte ein leichtes Zittern in dem weichen, warmen Körper, den er in seinen Armen hielt.

Cornith zog sie an sich und sagte: „Das sollte sie ausrasten lassen", und drückte seine Lippen fest auf ihre.

„Nein, nein, Mr. Cornith !" rief die Blondine. „Die Anforderungen besagen, dass sie dabei ohnmächtig werden soll."

Es war wahr. Lucy Hollowell schien sich zu erholen und dann vor Ekstase in Ohnmacht zu fallen. Sie sackte schlaff in Corniths Armen zusammen, während ein leichtes Zittern durch ihren warmen Körper lief. Um sicherzustellen, dass die Ergebnisse mathematisch korrekt waren, versuchte Cornith es noch einmal und küsste sie dieses Mal etwas fester. Die Reaktion war dieselbe. Im Interesse der Wissenschaft prüfte er die Sache noch ein drittes Mal und wandte sich dann verzückt der Blondine zu.

„Schau! Sie fällt jedes Mal in Ohnmacht, wenn ich sie küsse."

„Natürlich, Mr. Cornith ", kommentierte die Blondine ein wenig bitter. „Ihre Anforderungen erfordern dies, auch wenn einige Mitglieder der Stiftung glauben, dass Sie bei der Levet- Prüfung in einer scherzhaften Stimmung waren. Sie vermuten, dass Sie vor der Veranstaltung eine große Anzahl von Vorschlägen eingepflanzt haben, um Ihre Antworten zu beeinflussen in einer Art und Weise, die nicht der Ernsthaftigkeit des Anlasses entspricht. Das ist für diese Abteilung kein Problem. Wir haben Ihnen eine Frau zur Seite gestellt, die alle gestellten Anforderungen erfüllt –"

„Sie ist untergewichtig", beharrte Cornith .

„Sieht sie zu dünn aus?"

„Nein! Sie ist perfekt. Aber ihr fehlt ein Gramm –"

Klatschen! Eine kleine weiße Hand schlug lautstark auf Corniths Wange und brachte das stechende Blut an die Oberfläche. Er hätte das Mädchen fast fallen lassen. Sie hatte ihre langen, schlanken Beine unter sich und stützte ihr eigenes Gewicht. Klatschen! Eine weitere kleine Hand erwischte Cornith stechend an der anderen Wange. Er holte tief Luft und spürte, wie sich seine Muskeln zusammenzogen.

„Jetzt, jetzt, Mr. Cornith !" warnte die Blondine. „Die Spezifikationen verlangen, dass Ihre Frau ausreichend Feuer hat."

„Das gibt ihr kein Recht, mir den Kopf abzuschlagen", tobte Cornith . „Außerdem ist sie nicht meine Frau!"

„Bist du verletzt, Liebling?" Sagte Lucy Hollowell mitfühlend. „Es tut mir leid! Hier! Lass mich deine Wangen küssen und sie gesund machen."

„Was ist das ?"

„Nun, nun, Mr. Cornith ! Sie soll mitfühlend und verständnisvoll sein und sehr zärtlich, wenn man sie braucht."

„Diese Art von Mitgefühl und Verständnis brauche ich nicht."

"Sehen!" Lucy Hollowell umfasste sein Kinn mit einer weichen Hand und zwang ihn, sie anzusehen. "Meine Ohren!" Sie wackelten wieder im Rhythmus der sanften Walzerklänge, die aus einer verborgenen Quelle kamen.

„Hör auf damit! Nein, nein, nein! Hör nicht auf zu atmen. Hör einfach auf, mit den Ohren zu wackeln. Nicht ohnmächtig werden. Bleib stehen. Und hör auf, Münzen aus der Luft zu ziehen. Und wenn du diese Musik machst, hör auf damit, zu."

Stille herrschte. Lucy Hollowell blieb vollkommen still. Der Ausdruck auf ihren schönen Gesichtszügen zeugte von Interesse und Besorgnis. Ihre reifen Lippen zitterten leicht. „Du magst mich nicht?" Sie sagte.

"Ich auch."

Sofort war das Mädchen überall in Cornith , umarmte und küsste ihn gleichzeitig und murmelte Zärtlichkeiten.

"Hey!"

„Nun, nun, Mr. Cornith . Sie soll sehr empfänglich für Worte der Liebe
sein.“

„Von Liebe habe ich nichts gesagt.“

„Du hast gesagt, dass du sie magst.“

„Ich habe nur gesagt: ‚Das tue ich auch‘.“

„Aber sie soll es verstehen, auch wenn man nicht alles in Worte fasst.“

„Wann soll sie damit aufhören – mit dieser Einschnürung?“

„Sie wird dich in Ruhe lassen, wenn du in Ruhe gelassen werden
willst.“

Lucy Hollowell trat zurück, tätschelte ihr platinblondes Haar und
betrachtete ihr Bild in einem kleinen Spiegel. Dann lächelte sie Cornith
süß an und kehrte an seine Seite zurück. "Sollen wir gehen?" Sie sagte.

Dieser plötzliche Stimmungsumschwung und die Wiederherstellung
der Selbstbeherrschung, nachdem sie einen Moment zuvor
demonstriert hatte, war mehr, als Cornith ohne weiteres begreifen
konnte. Die Blondine lieferte die Antwort.

„Ihre Stimmungen ändern sich mit der Situation und den Bedürfnissen
des Augenblicks.“

Cornith kratzte sich am dunklen Kopf. „Ich weiß es nicht“,
kommentierte er nachdenklich. „Ich hätte nicht gedacht, dass
irgendeine Frau auf der Welt die von mir gestellten Anforderungen
erfüllen würde. Mit achtzehn hielt ich die ganze Idee für dumm. Ich
wollte nicht heiraten.“

„Natürlich“, sagte Lucy verständnisvoll. „Sie halten diese
Untersuchungen, Tests und Spezifikationen immer noch für dumm.
Das verstehe ich. Und Sie haben eine Menge Dinge eingebracht, die
Sie nicht wollten ich, nicht spontan. Ich kann sie rechtzeitig ändern.

„Sie ist sehr verständnisvoll, Mr. Cornith , und bemüht, Ihnen zu
gefallen.“

„Aber es ist alles Unsinn“, beharrte Cornith .

„ Natürlich ist es das“, sagte Lucy mitfühlend. „Es ist nicht richtig,
dass du ein Mädchen heiraten musst, das alle Anforderungen erfüllt,

die du nicht wolltest. Ich weiß genau, wie du dich fühlst, und nachdem wir verheiratet sind, werden wir gemeinsam daran arbeiten, die Stiftungsbestimmungen zu ändern . " "

„Ich habe nicht gesagt, dass ich dich heiraten würde.“

„ Natürlich hast du das nicht getan. Und es ist nicht fair, dass du es tun musst Alles, was du dachtest, war albern. Weil du Wissenschaftler bist und keinen Unsinn magst. Zumindest nicht zu viel davon. Und du hast all diese Dinge eingefügt und gedacht, dass jeder sehen würde, wie albern sie sind. Das hast du nicht getan Ich denke, irgendjemand wäre dumm genug, tatsächlich so zu sein. Es tut mir so leid für dich, dass ich eine Frau heiraten muss, deren Reaktionen all diese dummen Dinge innewohnen.“

„Wir sind noch nicht verheiratet.“

„Das ist das Schlimmste. Es ist diese Angst vor einem Ereignis mit zweifelhaftem Ausgang. Es tut mir so leid, Liebling! Leg deinen Kopf hier an meine Brust und lass mich dich trösten.“

„Lass es!“

„Nun, nun, Mr. Cornith . Die Spezifikationen … eine Frau mit tiefem Gefühl … bereit zu trösten.“

„Schlag es! Schlag es! Schlag es!“

„Nun, nun, Mr. Cornith ! Wenn Sie Ihren Gefühlen nachgeben, weiß ich nicht, was passieren könnte. Das ist eines der Dinge, mit denen Sie nicht gerechnet haben. In den Spezifikationen steht nichts –“

"Hier!" Lucy öffnete ihre Handtasche und holte eine Flasche heraus. „Du brauchst etwas zu trinken. Mach dich bereit. Es gibt schlimmere Dinge als verheiratet zu sein.“

„Ich trinke nicht.“ Cornith ergriff die Flasche und kippte einen Schluck hinunter. „Ah! Martian Vinth ! Fass das Zeug niemals an.“ Er nahm noch einen Schluck. „Jetzt muss ich dich nicht heiraten. Ich habe bewusst festgelegt, dass meine Frau kein Vinth- Sot sein sollte.“

„Herb, Liebling, du bist so schlau! Ich verabscheue das Zeug. Aber ich wusste zufällig, dass Wissenschaftler es trinken, um ihren Geist zu stärken und ihre Gesundheit zu erhalten. Ich habe es mitgebracht, um zu beweisen, wie rücksichtsvoll ich bin. Ich habe es auch dabei meine Handtasche ein Stück Kauseil.

Cornith schüttelte den Kopf. „Ich kaue nicht, aber du machst einfach weiter.“

Lucy schüttelte den Kopf. „Schade. Ich kaue, trinke, rauche, prügele, fluche, lüge, stehle, esse mit meinem Messer und werfe Dinge. Alles im Rahmen der Spezifikationen. Ich mache alles, außer Vinth zu trinken. Schade, dass du das nicht tust. Wir hätten es tun können . “ so viel Spaß zusammen, Kauen und Trinken und Lügen und Stehlen und Kämpfen und Dinge werfen.“

„Aber das alles habe ich nicht so gemeint.“

„ Natürlich hast du das nicht getan, Liebling! Und es tut mir so leid, dass du sie hineingesteckt hast. Aber was geschehen ist, ist geschehen, und es hat keinen Sinn, sich darüber Sorgen zu machen. Nimm noch einen Drink und mach dich bereit.“

Cornith nahm noch einen Schluck und gab die Flasche zurück. Er fühlte sich jetzt besser. Der Mars- Vinth hatte sowohl eine beruhigende als auch belebende Wirkung. Die Dinge, die einen Moment zuvor noch so dumm erschienen waren, schienen jetzt vernünftig zu sein.

„In Ordnung“, sagte er. „Wenn Sie all diese Dinge tun, sind Sie qualifiziert. Lassen Sie uns eine Probelüge machen, um zu sehen, wie gut Sie sind.“

"Ich hasse dich!"

„Jetzt warte! Lass dich nicht aus der Fassung bringen.“

„Aber Liebling! Ich habe dir nur eine Probelüge gegeben.“

„Du meinst, du liebst mich?“

"NEIN."

„Warum willst du mich dann heiraten?“

"Ich tu nicht."

„Oh! Ich verstehe. Du lügst.“

"Natürlich."

„ Sag die Wahrheit. Liebst du mich?“

„Nun, nun, Mr. Cornith ! In den Spezifikationen steht nichts davon, zu irgendeinem Zeitpunkt und zu jeder Zeit die Wahrheit zu sagen.“

"Oh mein Gott!" Die volle Erkenntnis der schrecklichen Wahrheit erschütterte Cornith und erstarrte den sanften Glanz, den der Marsmensch Vinth eingeflößt hatte. „Ich habe überhaupt keine guten Eigenschaften in die Spezifikationen aufgenommen!“

„Und es tut mir so leid“, sagte Lucy zärtlich. „Denn ich hätte mir sehr leicht antrainieren können, gut zu sein, alles zu sein, was man wollte. Aber ich musste mich an die Vorgaben halten. Nur so konnte ich mich qualifizieren. Vielleicht kann ich mich ändern – in fünf oder zehn Jahren.“ "

Cornith schüttelte traurig den Kopf. „In fünf oder zehn Jahren wird es so oder so egal sein.“

„Dann wirst du mich heiraten und dich an mich gewöhnen?“

"NEIN."

„Aber Herb, Liebling! Ich habe so hart gearbeitet, um mir all die albernen Dinge anzufertigen, die deine Vorgaben verlangten. Niemand sonst wird eine Frau wie diese wollen. Außerdem bin ich in dich verliebt, seit du die Formel dafür ausgearbeitet hast.“ kosmische Strahlung eindämmen.

"Erinnerst du dich daran?"

„Natürlich. Ich habe dich damals zum ersten Mal im Fernsehen gesehen. Du hast mich an etwas erinnert, von dem ich geträumt hatte.“

"Was?"

„Erzähl es dir, nachdem wir verheiratet sind.“

„Ich werde dich nicht heiraten.“

„Das musst du. Ich kann alle Anforderungen erfüllen. Hier ist deine Brieftasche, die ich dir vor zehn Minuten aus der Tasche gestohlen habe. Und das Gesetz sagt –“

„Aber du bist eine Unze untergewichtig.“

„Wirst du so eine Kleinigkeit zulassen –?“

Lucy blieb abrupt stehen und Cornith lächelte gelassen. „Sicher", sagte er. „Die Spezifikationen verlangen, dass das Weibchen tropfnass 123 Pfund wiegt, und es darf sein Gewicht nicht bewusst durch Essen oder Trinken ändern. Jetzt gebe ich Ihnen eine sportliche Chance. Sie wiegen 120– zwei Pfund und fünfzehn Unzen, oder vielleicht etwas weniger. Sie können sich wiegen und sehen. Wenn Sie innerhalb einer Stunde eine Unze oder genug zunehmen, um einhundertdreiundzwanzig zu wiegen, und ohne zu essen oder zu trinken oder an Ihr Gewicht zu denken Körper, ich werde dich heiraten und nicht einmal nach deinem Namen fragen.

„Es gibt bestimmte Absorptionen –"

„Nein. Das ist out. Du müsstest an deinen Körper denken."

Lucys glatte Augenbraue zog sich zusammen. Sie trat schnell an den Schreibtisch und drehte den Globus, der dort lag.

„Nein. Kein Glück. Wir sind fast auf Meereshöhe. Tiefer geht es nicht. Und wenn du in größere Höhen gehst, würdest du weniger wiegen."

Plötzlich lächelte Lucy, schnappte sich einen Bleistift und begann auf einem Block zu rechnen, und Cornith überlegte nachdenklich: „Sie ist eine gute Sportart. Und eine Schönheit. Bei George! Ich hoffe, sie findet es heraus." Dann runzelte er die Stirn. "Aber es ist unmöglich."

Lucy ließ den Bleistift fallen und klatschte in die Hände. „Ich habe es", rief sie. „Machen Sie mir jetzt die Zeit."

„Ich muss dich zuerst wiegen", sagte Cornith . „Tropfnass."

Lucys Wangen wurden eine Nuance rosa. „Glauben Sie mir nicht beim Wort?"

Cornith schüttelte den Kopf. „Du bist ein versierter Lügner."

„Ich werde sie wiegen", bot die Blondine an.

Cornith zuckte mit den Schultern. „Für mich ist das in Ordnung. Aber wenn du behauptest, dass du 123 Pfund wiegst und kein Gramm fehlt, übernehme ich das Wiegen."

Lucys Wangen nahmen einen rosigen Farbton an. Offenbar mit ihren eigenen Gedanken beschäftigt, gab sie keine Antwort. Sie folgte dem blonden Mädchen aus dem Zimmer und Cornith setzte sich auf die Schreibtischkante und wartete. Er wünschte jetzt, er hätte das Problem nicht gestellt. Ihm fielen tausend Gründe ein, warum es interessant wäre, mit einem so lebendigen Wesen verheiratet zu sein. Und er ließ sich nicht über ihre sogenannten schlechten Eigenschaften täuschen. Sie waren das Ergebnis eines Trainingsmusters. Sie entsprachen nicht ihrer Grundpersönlichkeit und waren auch nicht tief verwurzelt. Tatsächlich konnte und war sie alles, was er von einer Frau wollte. Als sie und die Blondine zurückkamen , hatte er beschlossen , sie zu bitten, ihn zu heiraten, auch wenn sie das Problem nicht lösen würde.

Auf Lucys Ohrläppchen waren leichte Feuchtigkeitsperlen zu sehen, und das rosafarbene Kleid hing schief. „Ich hatte keine Zeit, gründlich zu trocknen, und musste in meine Klamotten schlüpfen. Beeilen Sie sich! Wir werden heiraten. Genau jetzt!"

"Wie viel wiegst du?"

„Eins zweiundzwanzig, vierzehn und dreiviertel Unzen. Aber ich werde eins dreiundzwanzig innerhalb von zwanzig Minuten wiegen."

Cornith schüttelte den Kopf. „Stur", sagte er sich. „Bluffen. Lügen. Ich sollte ihr eine Lektion erteilen."

„Ich werde eine Klausel in die Zeremonie aufnehmen", sagte er laut, „dass wir nicht rechtmäßig verheiratet sind, wenn Sie nicht genau 123 Pfund wiegen."

„Du bist so schlau", lächelte sie. „Das wollte ich selbst machen."

„Jedenfalls Wild", sinnierte Cornith , während er ihr eilig zur Rutsche und auf das Dach folgte.

„Wir werden heiraten und dann kannst du mich wiegen", sagte sie. „Und wenn ich nicht eins dreiundzwanzig wiege ..." Sie runzelte die Stirn. „Mensch! Ich hoffe, ich habe es richtig verstanden."

„Wenn du nicht hundertdreiundzwanzig wiegst, ist es nicht legal", beharrte Cornith . „Ich werde diese Klausel einfügen."

Einen Moment lang zeichnete sich ein Ausdruck des Schmerzes in ihren Gesichtszügen ab, dann verschwand er und sie ging voran zu einem Himmelstaxi.

„Zehn Minuten entfernt gibt es einen Ort, an dem schnell geheiratet werden kann", sagte sie. „Gleiche Höhe. In der Nähe des Meeresspiegels. Wir können dort schnell heiraten."

Cornith zuckte mit den Schultern. „Sagen Sie es dem Fahrer."

Dreißig Minuten später heirateten sie, inklusive der Aufhebungsklausel. Cornith dachte jetzt, dass er den Witz zu weit getrieben hatte. Lucy schien den Tränen nahe zu sein. Außerdem würden sie erst rechtmäßig und endgültig heiraten, nachdem er sie gewogen hatte. Und er wusste jetzt, dass sie sich strikt an die Worte der Zeremonie halten wollte und dass sie sich nicht als verheiratet betrachten würde, wenn die Waage weniger als hundertundzwanzig Pfund anzeigte. Er dachte daran, die Waage zu manipulieren. Aber sie begleitete ihn, um sie zu kaufen, und bestand darauf, dass sie auf die Hundertstelunze genau überprüft und versiegelt würden. Cornith wusste jetzt, dass sie nicht nur eine Lügnerin war, sondern die aufrichtigste und gewissenhafteste Person, die er je gekannt hatte.

Er kam sich billig, gemein und niedergeschlagen vor, als er sie in die Hochzeitssuite begleitete, die er per Taschenkommunikator gebucht hatte. Er legte die Waage auf den Boden und fühlte sich, als hätte er ein unschuldiges Kind absichtlich betrogen und ausgetrickst. Er konnte sehen, dass Lucy unsicher war. Er konnte das Zittern der Angst spüren, das sie erschütterte, die Zweifel, die Fragen nach richtig und falsch, die Frage, was das alles für ihr Glück bedeuten würde. Er hätte sein Jagdhaus auf dem Mars nur gegen das Privileg eingetauscht, zurückzugehen, alles zu ändern und ihr zu sagen, dass sie mit 122 Pfund und fünfzehn Unzen perfekt sei und kein Jota ändern müsse, um ihm zu gefallen.

Sie drehte sich langsam zu ihm um und zwei kristallene Tränen bildeten sich in den Winkeln ihrer azurblauen Augen. „Nur ein Kuss", bettelte sie. „Weil ich scheitern könnte, und das bedeutet das Ende."

Cornith hielt sie fest. Er wünschte, er könnte etwas tun, um sie zu trösten und alles zu ändern, aber er kannte die Tiefe ihrer Aufrichtigkeit, und er wusste, dass sie keine Entschuldigung anbieten würde, kein Versagen akzeptieren würde, nicht einmal von sich selbst. Tatsächlich schien ihr ganzes Glück von ihrem Versprechen abzuhängen, dass sie die Anforderungen bis zum letzten Gramm erfüllen würde.

Sie stieß ihn weg und lächelte unter Tränen. „Ich nehme durch Weinen ab", sagte sie. „Mensch, mein Gott! Ich hoffe, ich habe es richtig herausgefunden."

„Tropfnass", sagte er. „Lassen Sie die Seifenlauge an, wenn Sie möchten."

Sie schüttelte den Kopf. „Das wäre nicht ehrlich." Sie löste sich und rannte ins Badezimmer. Sie betrat das Badezimmer und zog die Tür zu. Cornith stand allein da und plötzlich hatte er das Gefühl, als ob sein eigenes Gewicht zugenommen hätte. Etwas war verschwunden, vor ihm verschlossen, etwas, das lebendig, warm und farbenfroh gewesen war. Er ging zum Fenster und blickte auf die Straße hinunter. Es war voller Leben, aber sein Leben schien fremd, fern. Seine Ohren hörten das leise Geräusch des Regens, und er wusste, dass seine Gedanken von nun an immer von der Erinnerung daran erfüllt sein würden, wie nahe er dem Glück gekommen war.

Er hörte, wie sich die Badezimmertür leise öffnete, wagte aber nicht hinzusehen. Sein Herz war zu schwer. Dann hörte er die sanfte, zitternde Stimme. „Ich habe Seife in meinen Augen. Schauen Sie sich die Waage an. Schauen Sie mich nicht an. Ich bin tropfnass."

Cornith drehte sich langsam um und hielt den Atem an. Die Vision, die sich ihm bot, war eine Schönheit, die seine kühnsten Träume übertraf. Die funkelnden Wasserperlen waren wie funkelnde Juwelen, die einen sanft rosa-weißen Körper schmückten, lebendig und dennoch vor Angst zitternd. Er trat schnell zur Waage und schaute nach.

Ein warmes Leuchten begann an seinen Füßen und schoss nach oben, machte ihn schwindlig, während es über seinen Hals und sein Gesicht und weiter in sein Gehirn wanderte. Die Waage zeigte einhundertdreiundzwanzig Pfund und vier Hundertstel Unzen an. Er blickte auf. Sie hatte sich die Seife aus den Augen gewischt und diese azurblauen Kugeln strahlten in einer Welle der Freude aus, die ihresgleichen suchte.

Cornith sprang auf, um sie in seine Arme zu nehmen, aber sie sprang weg, rannte ins Badezimmer, schlug die Tür zu und schloss sie ab.

„Komm raus", sagte er. „Du hast die Waage gesehen."

„Ich werde mich nicht outen", rief sie zurück, „bis du herausgefunden hast, wie ich es gemacht habe."

„Sei nicht albern."

„Ich bin eine entschlossene Frau, Herb, Liebling!"

Und Cornith wusste, dass es wahr war. Es blieb ihr nichts anderes übrig, als sich an die Arbeit zu machen und herauszufinden, wie sie das scheinbare Wunder vollbracht hatte. Er zog einen Stuhl am Schreibtisch hervor, fand Papier und suchte nach seinem Stift. Er nannte das Problem und verzichtete auf Essen und Trinken, da er die ganze Zeit bei ihr gewesen sei und sie nichts genommen habe. Er dachte, dass sie und die Blondine vielleicht über ihr ursprüngliches Gewicht gelogen hatten. Aber das hat nicht gepasst. Sie hatte sich ernsthafte Sorgen darüber gemacht, ob sie Erfolg haben würde. Ah! Da war es.

Er machte sich an die Arbeit und hatte in drei Minuten zwei Seiten voller Zahlen, Chiffren und Symbole. Er lächelte grimmig vor sich hin und arbeitete weiter. Zehn Minuten vergingen. Er hörte ihren Anruf aus dem Badezimmer, antwortete aber nicht. Er war mit dem Problem beschäftigt. Er arbeitete immer weiter, eliminierte Variablen, formulierte das Problem erneut, begann mit einer anderen Theorie von neuem und arbeitete immer weiter. Eine Stunde verging.

Während ihm die Gleichungen durch den Kopf gingen, war ihr Bild immer dabei.

Da der Schreibtisch und der Boden verunreinigt waren, hielt Cornith nachdenklich inne. Er hörte eine leise Bewegung hinter sich, dann sagte Lucys Stimme: „Ich konnte nicht länger warten. Ich bin gekommen, um dir zu helfen."

„Stören Sie mich jetzt nicht", sagte Cornith . Er notierte eine weitere Ziffernreihe, lehnte sich dann zurück und seufzte.

Zwei warme Arme legten sich um seinen Hals. „War es so schwierig?" Sie fragte. „Ich habe es in kürzester Zeit herausgefunden. Es ist nur so, dass die Schwerkraft an den Polen und am Äquator unterschiedlich ist. An den Polen ist sie etwas stärker. Etwa eins zu fünfzig, glaube ich. Ich wusste es nicht genau Ich ging davon aus, dass sich das spezifische Gewicht etwa alle hundert Meilen um etwa eine Unze ändern würde. Ich musste es erraten. Deshalb hatte ich solche Angst. Wie auch immer, wir sind über zweihundert Meilen nach Norden zu diesem eiligen Ort geflogen. Tun Sie das Verstehst du es, Liebling?"

„Du meinst, über dein Gewicht und den Unterschied in der Schwerkraft zwischen dem Äquator und den Polen?"

"Ja, Liebling."

„Das habe ich in den ersten drei Sekunden herausgefunden, nachdem ich mich hingesetzt habe. Ich habe deine grundlegende Persönlichkeit berechnet und versucht herauszufinden, wie lange du auf der Toilette bleiben würdest, bevor du rauskommst, um mir zu helfen. Irgendwo habe ich es übersehen. Ich habe es mir überlegt." Du wärst noch zwei Stunden da drin. Ich muss meine Zahlen überprüfen. Geh weg."

„Oh nein, Sie werden sie nicht noch einmal überprüfen." Sie legte eine Hand auf das Papier. „In diesem Fall werde ich helfen. Der Fehler liegt genau dort. Du hast nicht genug zugelassen, damit die Lautstärke und Stärke meiner Liebe die Lautstärke und Stärke meiner Entschlossenheit und meines Widerstands aufheben konnte. Widerstand ausgleichen und Liebe steigern." die Zehnerpotenz. Und wenn du mir jetzt keinen großen Kuss gibst, werde ich auf die Spezifikationen zurückgreifen und einen stehlen."

Im nächsten Augenblick wurde sie von seinen starken Armen zerquetscht. Und ihre Ohren wackelten ekstatisch.